一只特立独行的羊

〔加〕梅拉妮·福尔廷 著　〔加〕菲利普·贝阿 绘　杜卓 译

献给所有的孩子们，愿你们永远坚信自己的梦想，愿你们在追逐梦想的路上继续前行，总有一天你们会因为梦想而变得强大。

——梅拉妮·福尔廷

海天出版社
HAITIAN PUBLISHING HOUSE
·深圳·

小羊莱恩和其他十几只小羊生活在山脚下的
一个农场里。

小羊们一只挨着一只地挤在一起朝着一个方
向，像极了美丽的针织毛毯，只有莱恩十分
特立独行。

当伙伴们吃草的时候，莱恩总是抬头望着天空。在它的脑袋里，在它的心中，一直有一个梦想，那就是出去看一看这个世界。它无时无刻不在想着这个梦想。

每当夜晚来临时，莱恩总是不着急回到农场里。

它很想知道地平线的尽头有什么。

牧羊人爷爷高兴地看着莱恩，

对他的妻子说道："这只小羊可不一样啊！"

"你在胡说什么，小羊不都一个样吗？"牧羊人奶奶打趣地回答道。

每天夜里，小羊们都重复着同样的话。

"我真希望人类把我的羊奶做成世界上最美味的奶酪！"贝特说道。

"我想美美地吃上一天的草，最好没有人打扰我。"艾克德在一旁发牢骚地说。

"我呢，我想有一天人类用我的羊毛，为美丽的皇后做一套礼服。"莉娜小声嘀咕着。

"我的梦想是探索世界。"莱恩支支吾吾地说道。

"你觉得自己很特别吗？"艾克德不怀好意地冷笑着说，"你自以为比我们更优秀、更聪明吗？"

每天晚上睡觉之前，莱恩常常幻想自己在飞越高山，飘在云彩上，盘旋在海面上。它每夜都在想，以至于都能感受到自己呼吸着海边的空气，海风轻轻地吹拂着它的羊毛。

对莱恩来说，要想探索世界，最关键的是要找到能飞起来的方法。

当它睡着后，它梦到自己来到了从未去过的国家，交到了许多新朋友。

莱恩有时候也会做噩梦。它梦到无数只手在它身上摸来摸去，然后把它的羊毛剪掉，做成了奇奇怪怪的东西。

这些奇怪的东西中有五色绒球软帽，有十二米长的围巾。它浑身光秃秃的，冷得直打哆嗦。梦做到这里，莱恩便一下子被吓醒了，醒来后它害怕得咩咩直叫。

　　有一天，莱恩在羊圈外边玩耍，一些神奇的东西突然映入它的眼帘。天空布满了许多五彩斑斓的小点点。莱恩把眼睛睁得大大的，它的心脏都快从胸口里跳出来了。

　　"你们看到在热气球里的人类了吗？他们还真以为自己是小鸟呢！"艾克德取笑道。

　　"真希望有一个热气球会爆炸，也让我们看场好戏。"多米欧咯咯地笑着说。

　　"我也想乘坐热气球，就像他们那样。"莱恩充满期待地说道。

　　莱恩说完之后，羊群里爆发出一阵嘲笑声，但它并没有理会。莱恩现在太开心了！因为它终于知道如何才能出去看一看这个世界，终于知道如何才能实现自己的梦想了。

13

一天晚上，轮到牧羊人奶奶赶羊群回家。

对莱恩来说，这可是实施计划的最好机会。

它躲在树的后面，等待着牧羊人奶奶和其他小羊回去。

现在只剩它自己了，莱恩有些害怕。莱恩从来没有独自在外过夜，它望

向四周，气味、声响、颜色……这里的一切都是不一样的。

然后，莱恩抬头望向天空。这时，它看到了让它十分兴奋的画面！夜空中到处闪烁着耀眼的星星。它想要飞翔的梦想更加强烈了！

莱恩选了附近最高的一棵树。如果莱恩想实现自己的梦想，

就必须亲眼看着热气球从远处飞来！

可是，树太高了而它的腿太短了，它从树上滑了下来。

几次失败的尝试后，莱恩还是没有爬上树。这时，它看到另一棵树下面有一个苹果篮，于是它决定踩着苹果篮爬到树上。

令莱恩惊讶的是，它终于成功地爬上了树，而且爬得非常高。不过，当它准备爬到最后一个枝丫上时，它又滑了一跤……

17

一大早，小羊们的叫声就惊动了牧羊人爷爷。他飞快地冲进羊群，发现莱恩在最高的树上挂着。

牧羊人爷爷把莱恩从树上抱了下来。其他小羊开始对它冷嘲热讽，但莱恩感觉自己像是已经飞翔了一次。

莱恩决定开始练习跑步。如果有一天它再看到那些热气球时，它就可以赶上它们，然后跳到其中的一个热气球上。

　　莱恩练习了好几个星期，它学会了爬树，而且现在不需要别人帮忙，自己就可以从树上再爬下来。它对自己越来越有信心。"这个世界正在等着我去探索！"莱恩开心地唱了起来。

　　其他小羊渐渐地不再嘲笑它了，而是变得好奇起来。就连艾克德也目瞪口呆了。

一天早上，莱恩在树的顶端望着天空，天空突然像是变成了一张画纸，上面涂满了五颜六色的小点点！

"机不可失。"它对自己说道。

莱恩的心怦怦直跳。它既兴奋又害怕，以致它的每一根羊毛都在颤抖！

莱恩急忙返回地面。它感到背上长出了一对翅膀，助力它前行。

　　多米欧知道这只疯狂的小羊在幻想些什么了，于是对它大声吼

道："别再痴心妄想了！一只羊乘坐热气球飞行？这是不可能的事！"

这些话让原本缺乏动力的莱恩有了立刻行动的冲劲儿。于是，它跑呀跑，跑呀跑，飞快地向热气球冲了过去！不一会儿，这只疯狂的小羊——莱恩便消失在天际了。这天晚上，它没有回羊圈睡觉。

第二天，各种流言四起。

"它肯定是被狼吃了。"多米欧冷笑了起来。

"它肯定是一头跌进了山谷里。"艾克德嘲笑道。

中午的时候，那些热气球又一次出现在天空中。但是，没有谁看到莱恩在热气球上。时间一点点儿地过去了，太阳就快要落山了，这时……"大家快看！大家快看！"莉娜突然大喊起来。

莱恩正在巨大的热气球上自豪地飞翔。

"我早就告诉过你，它跟别的小羊不一样！"牧羊人爷爷跟他的妻子说道，而他的妻子早就惊讶得晕了过去。

莱恩究竟会飞到哪里，谁也不知道。

对其他小羊来说，知道莱恩这次飞行的最终目的地并不重要，最重要的是莱恩梦想的实现让它们开始寻找属于自己的梦想……

牧羊人爷爷的草地上再也不会出现美丽的针织毛毯了。

让孩子因为梦想而变得强大

——读《一只特立独行的羊》

梦想是要有的，万一实现了呢？不过，梦想的实现不是靠万一，不是靠侥幸，而是靠脚踏实地地奋斗，就像这只特立独行的羊——莱恩。

莱恩为什么就特立独行了呢？它不过是在日复一日地做着羊该做的事时，也日复一日地寻找着自己的梦想，当它知道自己的梦想后，它就让自己的梦想日复一日地生长着，于是，它就显得特立独行了！莱恩的梦想茁壮地生长起来了，长大到有足够的力量去促成莱恩为梦想而努力了，于是，莱恩真的就特立独行了！

当小羊们一只挨着一只挤在一起时，莱恩在抬头仰望；当夜晚来临时，莱恩仍在抬头仰望。莱恩仰望天空，因为它有一个梦想，一个去探索世界的梦想。仰望天空固然重要，但如果没有脚踏实地的行动力，梦想就永远只能是停留在脑子里的空想。

实现梦想真的不容易。有同侪的不解、讥讽和嘲笑，更有对一只羊来说不可企及的飞翔。不过，莱恩的梦想已经长大到有足够的力量去帮助它战胜那些困难了。莱恩学爬树，学跑步……它为实现梦想准备着；哪怕有危险，哪怕十分辛苦，但梦想的召唤让它勇往直前。机会是给那些有准备的人实现梦想的契机，莱恩准备好了，莱恩终于抓住机会飞起来了。

《一只特立独行的羊》不是一只羊的故事，而是一群羊的故事。

"对其他小羊来说，知道莱恩这次飞行的最终目的地并不重要，最重要的是莱恩梦想的实现让它们开始寻找属于自己的梦想……"

其实，每只小羊都是带着梦想来到这个世界的。但是，当牧羊人为它们画地为牢，

教导它们日复一日按部就班地做着他们认为羊该做的事，欣赏着它们的顺从和乖巧时，无形中就磨灭了小羊们的梦想。直到它们看到莱恩为实现梦想不懈的努力，直到它们看到莱恩梦想成真，这时，这群羊那日复一日的刻板的生活才被打破，它们那已经沉睡多时的心才被梦想之光照亮，它们也开始寻找属于自己的梦想了。

其实，这本绘本里的小羊就是孩子，牧羊人就是家长。家长们千万不要给孩子画地为牢，不要给孩子的人生设限，要做孩子梦想的守护者、激发者，而不是忽视者、毁灭者，让孩子去听从心灵深处的呼唤吧，那是对未来的梦想，梦想会激励孩子成长！我们要像牧羊人爷爷一样，善于发现孩子的梦想，当孩子在追梦的过程中遇到困难和挫折时，要及时给孩子帮助和信任。这种来自家长的帮助和信任可以给孩子战胜困难的勇气和继续前行的力量。

实现梦想是需要力量的。这力量会督促孩子想到就做，不空谈，不空想。不让梦想搁浅的唯一办法就是立即行动，不断努力，坚持奋斗。幸福，是奋斗出来的，而幸福，就是梦想成真！

作者梅拉妮·福尔廷献给孩子们的话也应该是写给家长朋友们的：愿你们永远坚信自己的梦想，愿你们在追逐梦想的路上继续前行，总有一天你们会因为梦想而变得强大。

袁晓峰，著名儿童阅读推广人，2012年"全国十大读书人物"，2006年"全国推动读书十大人物"。

版权登记号　图字：19-2020-022

Léonard, le mouton qui ne voulait pas être tricoté
© 2018 Mélanie Fortin, Philippe Béha et les Éditions Les 400 coups
Montréal (Québec) Canada
The Simplified Chinese translation rights is arranged through RR Donnelley Asia.
(www.rrdonnelley.com/asia)

图书在版编目(CIP)数据

一只特立独行的羊/（加）梅拉妮·福尔廷著；（加）菲利普·贝阿绘；杜卓译.—深圳：海天出版社，2020.7
ISBN 978-7-5507-2866-0

Ⅰ.①一… Ⅱ.①梅…②菲…③杜… Ⅲ.①儿童故事 – 图画故事 – 加拿大 – 现代 Ⅳ.①I711.85

中国版本图书馆CIP数据核字(2020)第039841号

一只特立独行的羊
YIZHI TELIDUXING DE YANG

出 品 人	聂雄前
责任编辑	李新艳
责任校对	赖静怡
责任技编	陈洁霞
封面设计	李 蕊

出版发行	海天出版社
地　　址	深圳市彩田南路海天综合大厦(518033)
网　　址	www.htph.com.cn
订购电话	0755-83460239(邮购、团购)
设计制作	李 蕊
印　　刷	中华商务联合印刷（广东）有限公司
开　　本	889mm×1194mm　1/20
印　　张	1.7
字　　数	30千
版　　次	2020年7月第1版
印　　次	2020年7月第1次
定　　价	38.00元